„Das mit Dir
fühlt sich wie fliegen an!"

Für meinen *bauchschmetterling*!

Meine Liebe wird Dich
durch Dein Leben tragen!

Bibliografische Information der Deutschen Nationalbibliothek:
Die Deutsche Nationalbibliothek verzeichnet diese Publikation in der
Deutschen Nationalbibliografie; detaillierte bibliografische Daten
sind im Internet über http:/dnb.d-nb.de abrufbar.

bauchschmetterling ist eine Idee der Künstlerin petra lehmbrock und
patentrechtlich geschützt. (Deutsches Marken- und Patentamt München)

www.bauchschmetterling.de

Herstellung und Verlag: Books on Demand GmbH, Norderstedt

ISBN: 9-783837-076301

bauchschmetterling

„Das mit Dir
fühlt sich wie fliegen an!"

Die beflügelnde Geschichte
vom kleinen roten Herzen
und der großen Kraft
der Liebe!

Die beflügelnde Geschichte
vom kleinen roten Herzen
und der großen Kraft
der Liebe!

Es war einmal ein kleines rotes Herz.

Ein Herz, wie es Millionen gibt auf unserem Planeten.
Ein Herz, wie Du und ich.

Heute will ich sie Dir einmal erzählen -
die Geschichte vom kleinen roten Herzen
und wie es die große Kraft der Liebe entdeckte.

Es ist eine schöne Geschichte,
weil die Liebe ja auch was Schönes ist.

Es ist eine nachdenkliche Geschichte,
weil nichts mehr Fragen aufwirft, als die Liebe.

Es ist auch manchmal eine traurige Geschichte,
weil Liebe ja auch manchmal traurig sein kann.

Und es ist eine fröhliche Geschichte,
weil Liebe Fröhlichkeit ist.

Fröhlichkeit auch in dunklen Stunden.
Fröhlichkeit, die Mut macht, Kraft gibt und inspiriert.
Fröhlichkeit, die Dir all die Energie gibt,
die Du zum Leben brauchst.
Fröhlichkeit, die Dir Flügel verleiht und
Dich durch das Leben trägt.

Es ist die Geschichte vom kleinen roten Herzen.

Einem Herzen, wie Du und ich.

Das kleine rote Herz

hüpfte tagein und tagaus durch die große weite Welt
und meisterte emsig alle Aufgaben,
die ihm das Leben bescherte.

Ja, das kleine rote Herz war ein erfolgreiches Herz,
aber ein glückliches Herz war es nicht.

Wie gerne hätte es sein Leben und seine Erfolge
mit einem anderen kleinen Herzen geteilt und gefeiert.

Doch da auch all die anderen bunten Herzen
stets eifrig von einer Aufgabe zur nächsten hüpften,
fanden sie kaum Zeit, sich zu begegnen.

Und so hüpften tagein und tagaus Millionen
kleiner Herzen emsig aneinander vorbei.

Immer wieder träumte das kleine rote Herz davon,
dass es irgendwo auf der Welt
noch ein anderes kleines Herz geben müsste,
welches die gleichen Träume träumte.

Und so machte es sich eines Tages auf die abenteuerliche Suche,
wild entschlossen, dieses besondere Herz zu finden.

Das kleine rote Herz

reiste in romantische Dörfer,
besuchte idyllische Vorstädte und erkundete
die größten Metropolen des Landes.

Doch das, was es suchte,
fand es hier nicht.

Das kleine rote Herz

versuchte sein Glück bei den Tieren.

Es schaute in treue Augen
und streichelte weiches Fell.
Es spürte Wärme.

Doch das, was es suchte,
fand es hier nicht.

Das kleine rote Herz

wanderte weiter über grüne Wiesen,
streifte durch dunkle Wälder,
kletterte auf knorrige Bäume
und schnupperte an blühenden Blumen.

Doch das, was es suchte,
fand es hier nicht.

Das kleine rote Herz

wagte sich sogar hinaus auf das Meer.

Es schwamm mit den Fischen
und tobte mutig durch die Wellen.

Doch das, was es suchte,
fand es hier nicht.

Das kleine rote Herz

steckte seine Füße tief in den Sand
und verfolgte fasziniert den Sonnenaufgang
am Strand.

Es war ein grandioses Naturschauspiel.

Doch das, was es suchte,
fand es hier nicht.

Das kleine rote Herz

hatte eine Idee.

Es wollte sein Glück dort versuchen,
wo sich regelmäßig viele fröhliche Herzen
zum ausgelassenen Tanz trafen.

Und so begab sich das kleine rote Herz
gespannt in die größte Disco der Stadt.

Es lernte die seltsamsten Herzen kennen,
rockte und redete die halbe Nacht hindurch.

Am nächsten Morgen war es völlig erschöpft
und heiser.

Doch das, was es suchte,
fand es hier nicht.

Das kleine rote Herz

versuchte es mit dem Flugzeug.

Es jettete von einem Kontinent zum anderen.
Es lernte exotische Länder
und fremde Sprachen kennen.

Doch das, was es suchte,
fand es hier nicht.

Das kleine rote Herz

scheute keine Mühe.

Es kletterte sogar auf den höchsten Berg,
den es finden konnte.

Die Aussicht, die sich ihm bot, war grandios.

Doch das, was es suchte,
fand es hier nicht.

Das kleine rote Herz

war völlig verzweifelt.

Es hätte nie gedacht,
dass die Suche nach diesem besonderen Herzen
so kompliziert sein würde.

Erschöpft ließ es sich ins tiefe Tal der Tränen sinken.

Doch das, was es suchte,
fand es auch hier nicht.

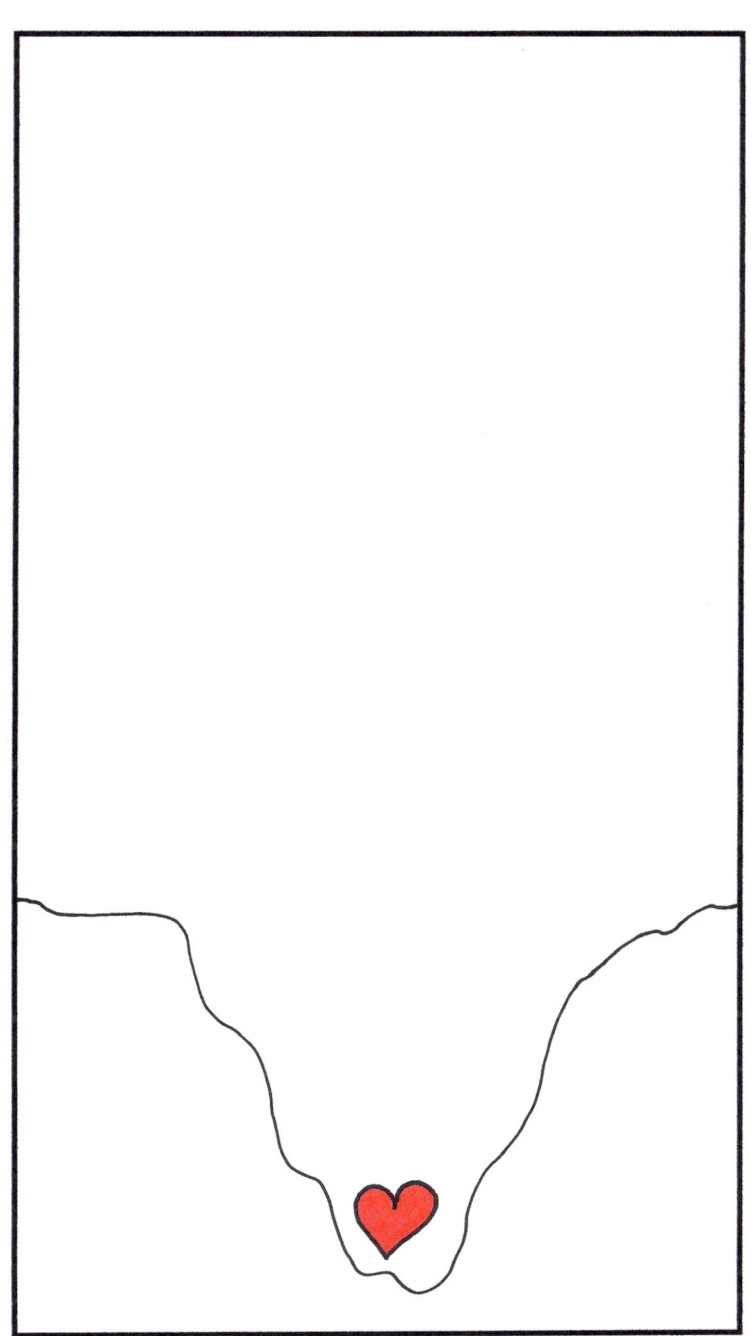

Das kleine rote Herz

weinte und weinte und weinte.

Es konnte gar nicht mehr aufhören.

Da wurde dem kleinen roten Herzen erst bewusst,
wie viele Tränen es in den letzten Jahren
gesammelt hatte.

Stets war es emsig umhergehüpft
auf dem Weg zu Ruhm und Ehre.
Tapfer hatte es sich allen Herausforderungen gestellt.
Von vielen anderen kleinen Herzen
wurde es für seine Erfolge bewundert und beneidet.

Dabei ahnte niemand,
dass sich auch das kleine rote Herz
ganz oft einsam und kraftlos fühlte.

Alle dachte,
dass es dem kleinen roten Herzen
an nichts fehlen würde.

Doch da irrten sie sich gewaltig.

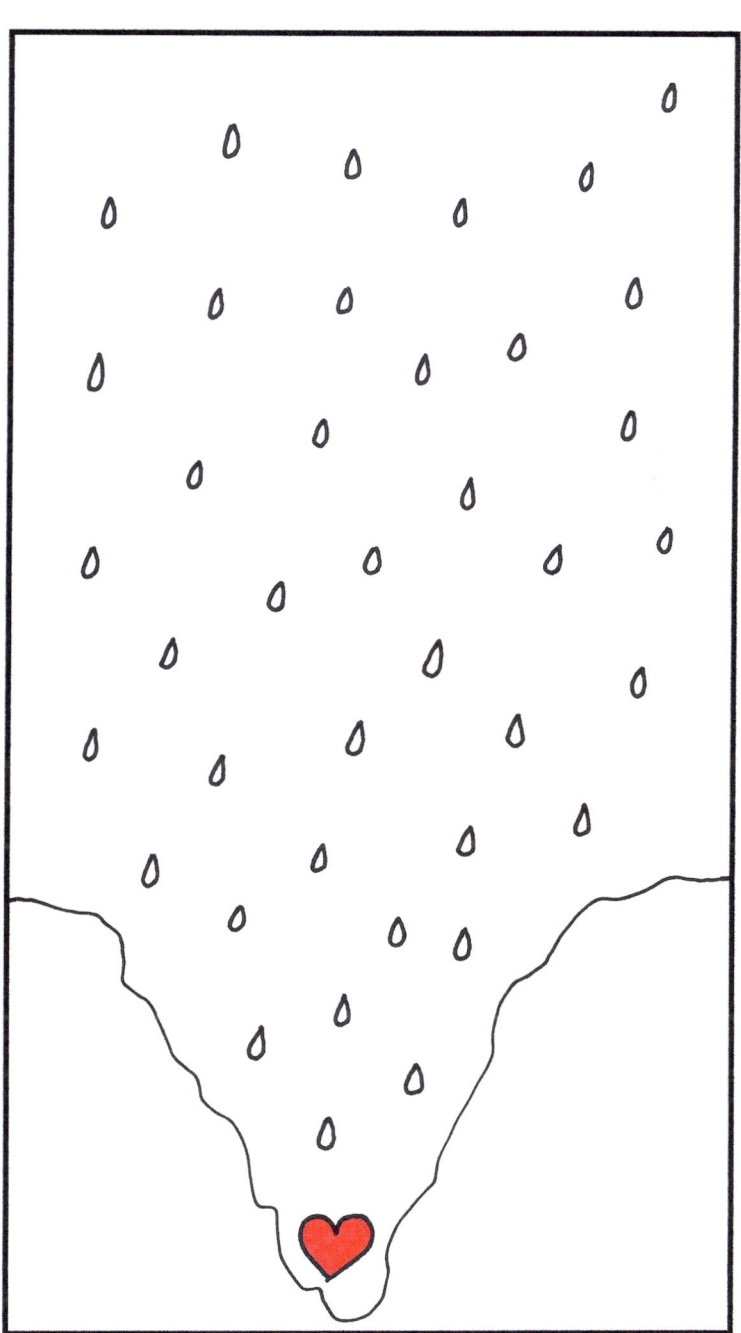

Das kleine rote Herz

vergoss traurig Träne um Träne
und verwandelte so das tiefe Tal
ganz langsam und unbemerkt
in einen wunderschönen See.

Jede Träne hatte sich gelohnt!

Das kleine rote Herz war fasziniert,
was Tränen alles bewirken können.

Ausgelassen begann es im Wasser zu tollen.
Es genoss zum ersten Mal wieder ein Gefühl
von Glück und Unbeschwertheit.

Erleichtert ließ es sich vom warmen Sommerwind
sanft taumelnd ans Ufer treiben.

Das kleine rote Herz

hüpfte frohgelaunt
aus dem See ans sichere Ufer.

Da erblickte es plötzlich DAS HERZ seiner Träume
und dachte, fühlte, schmeckte, roch und spürte

DAS IST ES!

Es war dieser magische Moment,
der keine Worte braucht und doch alles sagt.

Der Moment,
wenn alles ganz leicht wird,
schwerelos und intensiv.
Wenn zwei Herzen zueinander finden
und nichts mehr so ist,
wie es mal war.

Der Moment,
wenn aus zwei Herzen eins wird
und der bauchschmetterling seine Flügel ausbreitet.

Und so flogen fortan
zwei kleine fröhliche Herzen,
verbunden und beflügelt durch die große Kraft der Liebe,
glücklich um die Welt.

Und wenn sie nicht gestorben sind...

...dann

reisen sie noch heute gemeinsam
in romantische Dörfer,
besuchen idyllische Städtchen
und erkunden die größten Metropolen des Landes.

Und flüstern sich fröhlich zu:

"Das mit Dir fühlt sich wie fliegen an!"

...dann

machen sie noch heute gemeinsam viele Tiere glücklich.

Sie schauen in treue Augen
und streicheln weiches Fell.

Sie genießen die Wärme.

Und flüstern sich fröhlich zu:

"Das mit Dir fühlt sich wie fliegen an!"

...dann

wandern sie noch heute Hand in Hand über grüne Wiesen,
streifen durch dunkele Wälder,
klettern auf knorrige Bäume
und schnuppern an blühenden Blumen.

Und flüstern sich fröhlich zu:

"Das mit Dir fühlt sich wie fliegen an!"

...dann

wagen sie sich noch heute gemeinsam hinaus auf das Meer.

Sie schwimmen mit den Fischen
und toben durch die Wellen.

Und flüstern sich fröhlich zu:

"Das mit Dir fühlt sich wie fliegen an!"

...dann

stecken sie noch heute zusammen die Füße
tief in den Sand und verfolgen fasziniert
den Sonnenaufgang am Strand.

Sie erfreuen sich an dem grandiosen Naturschauspiel.

Und flüstern sich fröhlich zu:

"Das mit Dir fühlt sich wie fliegen an!"

...dann

gehen sie noch heute zusammen auf die wildesten Partys.

Sie lachen, rocken und reden die ganze Nacht hindurch.
Am nächsten Morgen sind sie dann völlig erschöpft,
aber glücklich.

Und flüstern sich fröhlich zu:

"Das mit Dir fühlt sich wie fliegen an!"

...dann

jetten sie noch heute mit dem Flugzeug rund um die Welt,
von einem Kontinent zum anderen.

Sie erfreuen sich an exotischen Ländern
und lernen fremde Sprachen.

Und flüstern sich fröhlich zu:

"Das mit Dir fühlt sich wie fliegen an!"

...dann

erklimmen sie noch heute die höchsten Berge
und genießen die grandiose Aussicht.

Und flüstern sich fröhlich zu:

"Das mit Dir fühlt sich wie fliegen an!"

...dann

verwandeln sie noch heute zusammen
all die tiefen Täler des Lebens
mit ihren Tränen in die schönsten Seen.

Und flüstern sich fröhlich zu:

"Das mit Dir fühlt sich wie fliegen an!"

bauchschmetterling

Der *bauchschmetterling* ist ein ganz besonderes Wesen.

Er wohnt auch in Dir.
Ganz nah an Deinem Herzen -
mitten in Deinem Bauch fühlt er sich am wohlsten.

Manchmal ist er ganz still.
Du spürst ihn nicht.
Du denkst vielleicht sogar,
er sei schon lange davon geflogen.
Aber er ist doch immer bei Dir.

Und dann -plötzlich und unerwartet-
ist er auf einmal wieder da.

Er breitet seine Flügel aus,
streichelt Deine Seele
und lässt es Dich fühlen -
dieses wunderbare Gefühl zwischen Traum und Wirklichkeit,
wenn alles ganz leicht wird,
schwerelos und intensiv.

So einzigartig wie Du bist,
so einzigartig ist auch Dein *bauchschmetterling*.

Es sind die magischen Momente
und die besonderen Begegnungen,
die den *bauchschmetterling* wach küssen,
ihm Flügel verleihen
und ihn so herrlich in Deinem Bauch prickeln lassen.

Genieße jede Sekunde,
die er durch Deinen Bauch fliegt!

Er gibt Dir Mut und Kraft,
ist ein Quell der Inspiration
und zeigt Dir einmal mehr,
wie schön es ist, dass es Dich gibt!

Danke!

Mein ganz besonderer Dank
gilt all den vielen bunten Herzen...

...die mich bis heute durch mein Leben
begleitet und getragen haben.

...die mich an ihren Gedanken,
Sehnsüchten und Träumen teilhaben ließen
und mich zu diesem Buch inspiriert haben.

...die an mich geglaubt haben
und mir den Mut und die Kraft gegeben haben,
endlich meinen Traum in die Tat umzusetzen
und dieses Buch zu vollenden.

Danke!

Möge es all jene Herzen inspirieren,
die an die Liebe glauben
und für die Träume keine Spinnerei sind,
sondern Herzenssache und die Flügel des Lebens.

"Das mit Euch fühlt sich wie fliegen an!"

petra

petra lehmbrock

geboren 1971 in Essen, aufgewachsen im Münsterland.

Danach folgten spannende und abwechselungsreiche Jahre
als Erzieherin, Kauffrau und Werbetexterin,
sowie eine permanente Weiterbildung
in den Bereichen Text und künstlerisches Gestalten.

Im Jahr 1999 errang petra lehmbrock den Titel
„Fernschülerin des Jahres"
Sie wurde vom Bundesbildungsministerium,
der FEB Hamburg und dem deutschen Fernschulverband
für herausragende Leistungen
im Studiengang Werbetext ausgezeichnet.

Seit 2003 widmet sie sich ganz ihrer Herzenssache:
dem *bauchschmetterling*!

Infos zur Autorin und alles rund um den bauchschmetterling:

www.*bauchschmetterling*.de

Liebe ist nicht wie

...ein Sonnenuntergang,

...ein tolles Essen,

...ein super Auto,

oder ein schöner Spaziergang!

Liebe ist Liebe!

(von Nour-Lucie)